Goldilocks and the Three Bears
Ricitos de Oro y los tres osos

retold by Candice Ransom   illustrated by Laura J. Bryant

Copyright © 2005 Carson-Dellosa Publishing. Published by Brighter Child®, an imprint of Carson-Dellosa Publishing LLC.
Send all inquiries to: Carson-Dellosa Publishing, P.O. Box 35665, Greensboro, NC 27425
Made in Rockaway, NJ U.S.A.   ISBN 0-7696-3815-5   3 4 5 6 7 8 9 10 PHX 13 12 11 10   349107791

Once, there were three bears who lived in a house deep in the woods.

The great big bear was Papa Bear. The middle-sized bear was Mama Bear. And the smallest bear was Baby Bear.

Una vez, habían tres osos que vivían en una casa en lo profundo del bosque.

El oso más grande era Papá Oso. El oso mediano era Mamá Osa y el más pequeño era Bebe Oso.

3

Every morning, the bears ate breakfast together.

Todas las mañanas, los osos desayunaban juntos.

They each had their own porridge bowl. The great big bowl was for Papa Bear. The middle-sized bowl was for Mama Bear. And the little bowl was for Baby Bear.

Cada uno tenía su propia taza de avena. La taza grande era la de Papá Oso, la taza mediana era la de Mamá Osa y la taza pequeña era la de Bebe Oso.

After breakfast, the bears rested in the living room.

Después del desayuno, los osos descansaban en la sala.

They each had their own chair. The great big chair was for
Papa Bear. The middle-sized chair was for Mama Bear. And the little
chair was for Baby Bear.

Cada uno tenía su propia silla. La silla grande era la de Papá
Oso, la silla mediana era la de Mamá Osa y la silla pequeña era la de
Bebe Oso.

In the evening, the bears went upstairs to their cozy bedroom.

Por la noche, los osos subían a su cuarto cómodo.

8

They each had their own bed. The great big bed was for Papa Bear. The middle-sized bed was for Mama Bear. And the little bed was for Baby Bear.

Cada uno tenía su propia cama. La cama grande era la de Papá Oso, la cama mediana era la de Mamá Osa y la cama pequeña era la de Bebe Oso.

One morning, the bears went for a walk while they let their hot porridge cool. While they were gone, a little girl named Goldilocks came upon their house.

She knocked on the door. But no one answered.

Una mañana, los osos fueron a dar un paseo mientras dejaban que la avena se enfriara. Mientras estaban por fuera, una niña pequeña llamada Ricitos de Oro encontró la casa de ellos.

Golpeó a la puerta, pero nadie respondió.

Goldilocks went inside. She saw three bowls of porridge on the table.

Ricitos de Oro entró y vio tres tazas de avena sobre la mesa.

She ate a spoonful from the great big bowl. The porridge was too hot.

Comió una cucharada de la taza grande. La avena estaba demasiado caliente.

Next, she ate a spoonful from the middle-sized bowl. The porridge was too cold.

Luego, comió una cucharada de la taza mediana. La avena estaba demasiado fría.

Then, Goldilocks ate from the smallest bowl. The porridge was just right. She ate until the porridge was gone.

Entonces, Ricitos de Oro comió de la taza más pequeña. La avena estaba perfecta. Comió hasta que la terminó.

Goldilocks wanted to rest. In the living room, she saw three chairs.

Ricitos de Oro quería descansar. En la sala, vio tres sillas.

First, Goldilocks sat in the great big chair. It was too hard.

Primero, Ricitos de Oro se sentó en la silla grande, pero estaba muy dura.

17

Next, Goldilocks sat in the middle-sized chair. It was too soft.

Luego, Ricitos de Oro se sentó en la silla mediana, pero estaba muy blanda.

18

Then, Goldilocks sat in the smallest chair. It was just right. But she was too heavy, and the little chair broke!

Después, Ricitos de Oro se sentó en la silla más pequeña. Estaba perfecta. Pero ella era muy pesada ¡y la pequeña silla se rompió!

Now, Goldilocks was really tired. She went upstairs and peeked into the cozy bedroom.

Ahora, Ricitos de Oro estaba realmente cansada. Subió y echó un vistazo al cuarto cómodo.

First, she climbed into the great big bed. It was too hard.

Primero se metió a la cama grande, pero estaba muy dura.

Next, she climbed into the middle-sized bed. It was too soft.

Luego se metió a la cama mediana, pero estaba muy blanda.

Then, she climbed into the smallest bed. It was just right. Goldilocks soon fell fast asleep.

Después se metió a la cama más pequeña. Estaba perfecta. Ricitos de Oro pronto se quedó profundamente dormida.

23

Soon, the bears came home to eat their porridge.

"SOMEBODY HAS BEEN EATING MY PORRIDGE!" growled Papa Bear.

"Somebody has been eating my porridge!" said Mama Bear.

"Somebody has been eating my porridge," squeaked Baby Bear, "and it is all gone!"

Al poco tiempo, los osos llegaron a casa para comer su avena.

—¡ALGUIEN HA ESTADO COMIÉNDOSE MI AVENA! —gruñó Papá Oso

—¡Alguien ha estado comiéndose mi avena! —dijo Mamá Osa.

—¡Alguien ha estado comiéndose mi avena! —chilló Bebe Oso— ¡y se la comió toda!

24

The bears walked into the living room.

"SOMEBODY HAS BEEN SITTING IN MY CHAIR!" growled Papa Bear.

"Somebody has been sitting in my chair," said Mama Bear.

"Somebody has been sitting in my chair," squeaked Baby Bear, "and now it is broken!"

Los osos entraron a la sala.

—¡ALGUIEN HA ESTADO SENTÁNDOSE EN MI SILLA! —gruñó Papá Oso.

—¡Alguien ha estado sentándose en mi silla! —dijo Mamá Osa.

—¡Alguien ha estado sentándose en mi silla! —chilló Bebe Oso— ¡y ahora está rota!

The bears went upstairs.

"SOMEBODY HAS BEEN SLEEPING IN MY BED!" growled Papa Bear.

"Somebody has been sleeping in my bed," said Mama Bear.

Los osos subieron.

—¡ALGUIEN HA ESTADO DURMIENDO EN MI CAMA! —gruñó
Papá Oso.

—¡Alguien ha estado durmiendo en mi cama! —dijo Mamá Osa.

"Somebody has been sleeping in my bed," squeaked Baby Bear, "and there she is!"

Goldilocks woke up. "Oh my!" she cried.

She jumped out of Baby Bear's bed and dashed downstairs.

—¡Alguien ha estado durmiendo en mi cama! —chilló Bebe Oso— ¡y ahí está!

Ricitos de Oro se despertó. —¡Ay! —gritó ella.

Se levantó de un salto de la cama de Bebe Oso, y bajó por las escaleras a toda prisa.

The three bears never saw Goldilocks again. Their little house deep in the woods remained peaceful.

And their porridge? Well, it was just right.

Los tres osos nunca volvieron a ver a Ricitos de Oro. La pequeña casa en lo profundo del bosque permaneció tranquila.

¿Y su avena? Bueno, estaba perfecta.